Geronimo Stilton

星际太空鼠

亲爱的新船员,
欢迎加入太空鼠的大家庭!

这是一个在无尽宇宙中穿梭冒险的科幻故事!

亲爱的新船员：

我告诉过你们我是一个科幻小说的狂热爱好者吗？
我一直想写一些发生在另一个宇宙的冒险故事……
可是，所谓的**平行宇宙**真的存在吗？
就这个问题，我咨询了老鼠岛上最著名的伏特教授，你们知道他是怎么回答我的吗？

他说，根据一些科学家的研究发现，我们所处的宇宙并非唯一，世上**还存在着许多不同的宇宙空间，其中有些甚至跟我们的宇宙很相似呢！在这些神秘的宇宙空间，或许会发生许多超出我们想象的事情。**

啊，这个发现真让鼠兴奋！这也启发了我，我多希望能够写一些关于**我和我的家鼠在宇宙中探索新世界的科幻故事啊！**而且，我想到一个非常炫酷的名字——《星际太空鼠》！

在银河中遨游的我们，一定会让其他鼠肃然起敬！

伏特教授

船员档案

杰罗尼摩·斯蒂顿
（杰尼）

赖皮·斯蒂顿
（小赖）

菲·斯蒂顿

马克斯·坦克鼠爷爷

机械人提克斯

本杰明·斯蒂顿和
潘朵拉

银河之最号

太空鼠的宇宙飞船，太空鼠的家，同时也是太空鼠的避风港！

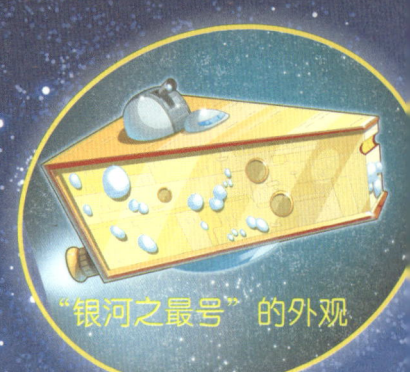

"银河之最号"的外观

1. 控制室
2. 巨型望远镜
3. 温室花园，里面种着各种植物
4. 图书馆和阅读室
5. 月光动感游乐场
6. 咔嗞大厨的餐厅和酒吧
7. 餐厅厨房
8. 喷气电梯，穿梭于宇宙飞船内各个楼层的移动平台
9. 计算机室
10. 太空舱装备室
11. 太空剧院
12. 星际晶石动力引擎
13. 网球场和游泳池
14. 多功能健身室
15. 探索小艇
16. 储存舱
17. 自然环境生态园

神秘外星生物大集合

这次，轮到我上场了！

"银河之最号"船员守则

1. 保持勇气!
2. 信任和团结你的太空鼠伙伴!
3. 聆听坦克鼠爷爷等老太空鼠的忠告!
4. 保护好本杰明这帮小太空鼠!
5. 珍爱并保护一切外星生命!
6. 智慧永远比暴力管用!
7. 时刻保持镇定和冷静!

图书在版编目（CIP）数据

叶绿星破坏者 /（意）杰罗尼摩·斯蒂顿著；张思清译. -- 成都：四川少年儿童出版社，2020.5（2021.7重印）
（星际太空鼠）
ISBN 978-7-5365-9249-0

Ⅰ. ①叶… Ⅱ. ①杰… ②张… Ⅲ. ①儿童小说－中篇小说－意大利－现代 Ⅳ. ①I546.84

中国版本图书馆CIP数据核字(2020)第058427号
四川省版权局著作权合同登记号：图进字21-2019-073

出版人：	常青
总策划：	高海潮
著者：	[意]杰罗尼摩·斯蒂顿
译者：	张思清
责任编辑：	王晗笑
封面设计：	汪丽华
美术编辑：	汪丽华
责任印制：	王春 袁学团
书名：	YELÜXING POHUAI ZHE 叶绿星破坏者
出版：	四川少年儿童出版社
地址：	成都市槐树街2号
网址：	http://www.sccph.com.cn
网店：	http://scsnetcbs.tmall.com
经销：	新华书店
印刷：	天津联城印刷有限公司
成品尺寸：	195mm×145mm
开本：	32
印张：	4.25
字数：	85千
版次：	2020年6月第1版
印次：	2021年7月第5次印刷
书号：	ISBN 978-7-5365-9249-0
定价：	25.00元

Geronimo Stilton names, characters and related indicia are copyright, trademark and exclusive license of Atlantyca S.p.A. All Rights Reserved. The moral right of the author has been asserted.
Original Title: E poi ti mordicchio la coda, Stiltonix!
Text by Geronimo Stilton
Original cover by Flavio Ferron, adopted by Sichuan Children's Publishing House Co., Ltd
Art Director: Iacopo Bruno
Graphic Project: Giovanna Ferraris / theWorldofDOT
Illustrations by Giuseppe Facciotto, Carolina Livio
Artistic Coordination: Flavio Ferron Artistic Assistance: Tommaso Valsecchi
Graphics: Marta Lorini
© 2015 by Edizioni Piemme S.p.A.
© 2018 Mondadori Libri S.p.A. for PIEMME, Italia
© 2020 for this work in Simplified Chinese language, Sichuan Children's Publishing House Co., Ltd
International Rights ©Atlantyca S.p.A., via Leopardi 8-20123 Milano-Italia-foreignrights@atlantyca.it-www.atlantyca.com
Based on an original idea By Elisabetta Dami
www.geronimostilton.com
Stilton is the name of a famous English cheese. It is a registered trademark of the Stilton Cheese Makers' Association. For more information go to www.stiltoncheese.com
No part of this book may be stored, reproduced or transmitted in any form or by any means, electronic or mechanical, including photocopying, recording, or by any information storage and retrieval system, without written permission from the copyright holder. For information address Atlantyca S.p.A.

若发现印装质量问题，请及时与发行部联系调换。
地　址：成都市槐树街2号四川出版大厦六层四川少年儿童出版社发行部
邮　编：610031　　咨询电话：028-86259237　86259232

Geronimo Stilton

星际太空鼠

叶绿星破坏者

[意]杰罗尼摩·斯蒂顿 ◎ 著
张思清 ◎ 译

四川少年儿童出版社

目录

一个平静的下午，还是……	14
别担心，我有办法！	19
别傻了，我的小孙子！	27
光速前进！	33
欢迎来到叶绿星！	37
林芬的府邸	45
常绿区之谜	51
星际太空鼠乐意为所有鼠效劳	56
开始调查	60
啃噬者之谜	64

啃噬族	70
你在哪儿，杰尼？	76
一个熟悉的香味	80
一个……好吃的主意！	84
个子小，脾气大！	89
一次一块石头……	95
在地下	102
叶绿星的树木	107
超级咔嗞！	112
我们一起来种树……	118
幸福的秘诀	124

如果我们能够穿越时空……

如果在银河的最深处有这样一艘宇宙飞船，上面住的全部都是太空鼠……

如果这艘宇宙飞船的船长是一个富有冒险精神又有些憨憨的太空鼠……

那么，他的名字一定叫作杰罗尼摩·斯蒂顿！

我们现在要讲述的就是他的冒险故事……

你们准备好了吗？

快来跟着杰罗尼摩一起去星际旅行，穿梭神秘浩瀚的宇宙吧！

一个平静的下午，还是……

那是一个平静的周日下午，我答应了侄子本杰明要带他去星际电影院。那天上映的是《逃走的宇宙飞船》，这是《星云先生》系列电影的最后一部。我们都很想看这部电影——因为在这一集，星云先生将会结束寻找遗失的陨石！哎呀，抱歉各位，我还没有自我介绍呢：我叫斯蒂顿，杰罗尼摩·斯蒂顿，大家都叫我杰尼。我是"银河之最号"的船长，"银河之最号"是全宇宙最特别的一艘飞船！不过，其实我的梦想是成为一名作家！

星际百科全书

星际电影院

星际电影院是一家放映5D立体电影的影院,在这里,电影中的立体画面能够直接从屏幕里跑出来。观众坐在一个飘浮的椅子上,能够完全沉浸在特效体验之中!
注意:过于敏感的老鼠不建议观看!

我刚说到,那个周日我本来答应我**可爱的小侄子本杰明**,陪他去星际电影院。

当我们走进**放映室**的时候,本杰明突然大叫起来:"啫喱*叔叔,快看!小赖*、**潘朵拉**、菲、坦克鼠爷爷和**茉莉**都在。我们坐到他们旁边去吧!"我的宇宙奶酪啊,茉莉·斯芬妮可是**"银河之最号"**上最富有魅力的鼠啊!现在她旁边恰好有一个空位……

*啫喱:杰罗尼摩的简短昵称。
*小赖:赖皮的昵称。

一个平静的下午，还是……

我想要跑过去坐下来，可是我的手爪突然**软得像一块奶酪**。我变得口干舌燥，耳朵里开始嗡嗡直叫……好在我刚走到座位旁边时，影院的灯光就熄灭了，**全息特效**开始启动。我正要松一口气，这时候……

啊啊啊啊！！

突然，一个可怕的尖叫声让整个大厅都颤抖了起来。

我结结巴巴地说："这……这发……发生了什……什么……"

茉莉叫了起来："好吓人的叫声啊！那是从费鲁教授的**房间**里传出来的，他就在旁边……"

一个平静的下午,还是……

我们走出电影院,所有鼠都跑去查看情况。当 费鲁教授 打开他的房门时,所有鼠都吃惊得张大了嘴巴。

"费鲁教授,你……这是怎么了?"我紧张地问他。

"我不知道,"他摇着头,沮丧地回答说,"我刚照了镜子,我突然意识到……"

"你变成了橙色!"本杰明惊呼。

我的宇宙奶酪啊,费鲁教授的肤色比天王星杏脯还要黄!

"你大概是在宇宙亚

我到底怎么了?

一个平静的下午，还是……

米餐厅吃了什么**外星菜肴**吧？"小赖提示说，"你知道，有的时候，咔嗞大厨会加太多的宇宙香料……"

"你是不是**加班过度了？**"坦克鼠爷爷低沉地说道，"如果你不注意休息，那么身体可能会和你开一些很糟糕的玩笑！"

"你有没有试过新的皮肤护理？"菲问他，"有一次，**我的毛皮上长满了斑点……**"费鲁教授颓丧地摇摇头，说："可惜我这几天没做什么特别的事。我向你们保证，什么都没有……"

我的银河系啊，

这情况真是令人百思不得其解。我们应该做些什么！

别担心，我有办法！

本杰明和潘朵拉跑到**控制室**里。在全息程序鼠的帮助下，他们搜索到了一切关于**素食鼠类**的疾病，费鲁教授就属于这一外星民族。

与此同时，我们和这位科学家待在一起，试图让他转移注意力，别再想这事了。

"**你现在觉得怎么样？**"小赖问，"你饿吗？"

费鲁教授回答说："是的，有点饿，你这样一问，我发现自己确实想吃点东西。嗯……我想喝一碗**汤**！"

别担心，我有办法!

"喝汤？很好呀！"我的表弟充满热情地附和道，"我这就用腕式电话联系咔嗞大厨，让他给你准备一碗**火星生姜浓汤**。相信我，可好喝了，好喝到让你直舔胡子！"

就这样，我们叫了一辆太空的士，迅速赶到了**宇宙亚米餐厅**。

当我们到达餐厅的时候，咔嗞正端着**一大锅橙色的汤**出来迎接我们。

咔嗞大厨说："火星生姜浓汤对于金星过敏**瘙痒症**、超级太空跳跃所引起的恶心症状，以及暴露在星光下所引发的高烧都有着理想的治疗效果！"

然后他盛了一大碗**汤**给费鲁教授喝。这位科学家一口气就把汤喝完了，而我们则一直愣愣地盯着他看。

别担心，我有办法！

费鲁教授喝完火星生姜浓汤后就满意地叫起来："好喝！真的很**美味！**"

可惜，汤没有什么用：他还是像一个**木星橘子**那样黄！

"我就知道！"咔嗞大厨失望地说，"我应该再多加一点织女星**发霉干奶酪皮**的，还有……"

菲笑着说："不，不用，**咔嗞大厨！** 我确信，你的汤对他的身体只有好处！费鲁教授，

你好点没有？"

"我不知道……"费鲁教授回答说，他的表情显得疑惑不解，"可能我该走一走，好**消化**一下……我觉得肚子很胀。"

"别担心，我有办法！"我的妹妹菲喊道。只用了一星际秒钟的时间，她就把我们带到了**多功能健身室**，她解释说："在这里你可以尽情运动！"

坦克鼠爷爷很赞同菲的提议，他看着我，又补充说："你也是，小孙子，你也该**锻炼锻炼**……你要注意保持身材，像一位真正的船长那样！"

"我……真的……我很好！"我试着表达抗议。但说什么也**没用**：在坦克鼠爷爷严肃的目光中，我不得不在费鲁教授旁边的银河**跑步机**上跑起步来！

接下来是腹肌练习，最后坦克鼠爷爷还让我做了一百个俯卧撑……我的宇宙奶酪啊，我感到**宇宙无敌超级累！**

所有的练习结束以后，费鲁教授还是橙色的，和之前一模一样！

我的妹妹菲担心地看着他，问道："你现在感觉好吗？你是不是练得太猛了？"

"确实如此，"他晃着胳膊回答说，"我觉得自己快散架了……我可

别担心，我有办法！

能需要做一次按摩。"

这时候茉莉说话了："别担心，我有办法。你可以使用**星际按摩仪**，用它按摩真的是超级舒服！你们知道，在我修了一整天的**发动机**，累得直不起腰的时候，星际按摩仪总是可以让我感到重获新生！"

"**棒极了！**"费鲁教授喊道，在做了这么多的腹部练习以后，他迫不及待要好好休息一下了。

茉莉陪着费鲁教授走到多功能健身室旁边的**休息室**里，让他在一张按摩床上躺下。

星际按摩仪开始工作了，从按摩床下伸出了**四条长长的机械手臂**，它们开始为费鲁教授使劲**按摩**。

我对着银河系发誓，这看起来真的很舒服！因此，我也鼓起勇气问："茉莉……嗯……既然

别担心，我有办法！

费鲁教授旁边还有一张**空床**……不知道我是不是可以……"

我还没说完话，小赖就**抢先**了。

"啊，我真的需要好好按摩一下！"我的表弟小赖躺倒在按摩床上，**迫不及待**地想要接受按摩服务，"当你们锻炼身体的时候，我看着也

终于可以放松一下了！

别担心,我有办法!

感觉到累!对了,杰尼,你怎么不给我带一杯天王星四季奶酪能量饮料?"

我的宇宙奶酪呀,
他真的太过分了!

我正想着该怎么回答我的表弟小赖时,本杰明的声音让我分了心,他说:"啫喱叔叔,我们找到了一大堆有用的信息!我们知道为什么费鲁教授会变成橙色的了!"

别傻了，我的小孙子！

本杰明解释说："我和潘朵拉一起查阅了《星际百科全书》……"

"于是我们发现，"潘朵拉接着说，"如果远离叶绿星的**素食鼠**变成了橙色，那么这说明他们的星球出了某些问题……"

星际百科全书

素食鼠

素食鼠出生于叶绿星，他们是植物太空鼠，终身都与自己的星球有着紧密的联系：如果他们的家乡遭遇了危险情况，那么那些远离家园的素食鼠就会变成橙色的。

别傻了，我的小孙子！

现在，费鲁教授的皮肤显得更加黄了，他嘟囔着说："**叶绿星**出了事？在我很小的时候，我就和父母离开了我们的星球……"

菲问他："费鲁教授，叶绿星离我们有**多远**啊？"

费鲁教授回答道："根据我的计算，它离这里大约有**三个星际小时**的距离。"

哦不！我猜到将要发生什么了……

坦克鼠爷爷清了清嗓子，说："笨孙子，快，别在那儿杵着！赶紧组织你的星际太空鼠队伍，上叶绿星看看出了什么状况！"

随后，爷爷在我的背上**啪地**拍了一下，我不得不在地上躺了很久，就好像一块土星软奶酪那样。

别傻了，我的小孙子！

"我的宇宙奶酪啊！"

加油，小孙子！

我感到超级害怕，但与此同时，我也发自内心地想要帮助费鲁教授和他的**星球**。于是，我站起身，说："太空鼠们，让我们朝叶绿星出发，去调查清楚到底发生了什么事。我们一定要让**费鲁教授**重新变回绿色！"

所有的队员都感到欣喜，而本杰明和潘朵拉在队伍里问："我们也能参加吗？"

坦克鼠爷爷露出了满意的**微笑**："终于有敢冒险的年轻人了！"

别傻了，我的小孙子！

爷爷一如既往地为我决定了一切，因此，我只需要宣布："嗯……同意！我、费鲁教授、本杰明、潘朵拉、菲和小赖，将一起登上叶绿星……咦，小赖跑到哪里去了？"

我四下看了看，才发现我的表弟不见了。难道他是跑到咔嗞大厨那儿去喝能量饮料了？

就在这时，小赖重新出现，他的手里并没有拿着能量饮料，而是拖着一个满是口袋的大背包。

我的天王星奶酪啊，这包看起来重极了！

我问他："小赖，你去哪里了？我们正在安排去叶绿星的行动……"

他回答说："当然，我知道。事实上，我去

别傻了，我的小孙子！

准备了一些必不可少的好东西，这样你就可以带着它们去**行动！**"

"**好东西？我带着？**什么意思？你不和我一起去吗？"

"不，我要留下来！"他笑着大喊。

"**什么？！**"

"你没有听错，我要留下来！亲爱的表哥，你可不是'银河之最号'上唯一的**作家**呀，我也在写**一本书！**"

"一本书？！"

"是的！《银河餐厅最酷指南》，这对有品位的**宇宙烹饪爱好者**而言可是一本重要的著作。因此我不能离开。但是你千万别担心，我在你的**背包**里放了很多东西，它们会帮你解决一切

别傻了，我的小孙子！

困难！"说完，他就把这个"大石头"放在了我的肩膀上。

"我的宇宙奶酪呀！太重了！！！"

啊！

"小孙子，别傻站着了！"坦克鼠爷爷责备道，"你要记住，<u>真正的船长</u>永远不会抱怨！"

菲插话说："现在别耽误时间了，我们应该赶紧登上**探索小艇**——叶绿星在等着我们呢！"

光速前进！

当所有人都登上了探索小艇，菲宣布说："我现在要启动**光速**前进了，大家准备好！一起朝叶绿星出发！"

嗖！ 我从来不习惯光速航行……只要听见"光速"这两个字，我就感觉胃被拧成一团，就像一只**臭袜子**那样！

光速前进！

我紧紧抓住椅子，试图深呼吸……

我的宇宙奶酪啊，我感觉胃里翻江倒海！

这痛苦的时间好像永无休止，过了一段时间，菲总算宣布说："光速航行结束，现在我们以超音速继续前进！"

我松了一口气：呼——

我终于可以放松下来，尽情地享受这无边的美景了。

我们的四周满是闪烁的恒星，还有五颜六色的小行星。我对所有的宇宙尘埃颗粒发誓，这绝对是一幅令人陶醉的景象！

"叶绿星到了！"本杰明欢呼起来。

我也一眼就看到了这颗行星，因为它拥有奇

妙的外观：那是一种鲜艳的绿色，从远处看，它就好像是一棵巨大的**莴苣**！

我们把头凑到窗户边，想要仔细看看它。"瞧，这颗星球表面完全被**植被**所覆盖！"潘朵拉感叹道。

本杰明也说："是呀！有好多树……各种各样的！"

"我正在返回我的故乡……"

费鲁教授喃喃自语着，显然他心情十分激动。

菲只是笑着，突然她下达命令说："现在全都回到自己的位子上！我们要**着陆**了！"

我们要着陆了！

欢迎来到叶绿星！

菲的驾驶技术高超，我们的探索小艇顺利而又平稳地降落在叶绿星**星际机场**松软的绿色草坪上。

"我们到啦！"我的妹妹欢呼道，"欢迎回家，费鲁教授！"

本杰明和潘朵拉率先从**探索小艇**上下来。我的小侄子喊道："这星球实在是太漂亮了！我们就好像来到了一大片**自然保护区**呢！"

费鲁教授哽咽了，什么话也说不出来。他只是环顾四周，将自己星球的空气深深地**吸入**肺中，他已经远离这片土地太久了。

我们都微笑着看着他，不禁也感到有些**激动！**

这时，潘朵拉打破了这感人的气氛，她**大喊**："你们看，有鼠来了！"

我们转过身，看见有一群**素食鼠**正朝我们走来。有的和**费鲁教授**长得一模一样，有的

朋友们！

是素食鼠！

体形更为矮壮，还有的头上长着**彩色的枝条**。但是所有素食鼠皮毛的颜色都是绿油油的！

当他们来到我们身边的时候，其中一只**面容高贵的**素食鼠开口对我们说："星际太空鼠，欢迎来到我们的星球！你们飞船上的全息程序鼠已欢迎来到叶绿星!

经提前向我们告知了你们的来访。我是**林芬**,叶绿星的长官!我和所有的素食鼠都感到万分荣幸,今日得以目睹著名的**杰罗尼摩·斯蒂顿**船长的真容!"

著名的船长?!我?!我可是第一次听到这样的评价!

与此同时,一位年长的头上长着**小紫罗兰花**的素食鼠走到费鲁教授的身边,大声说:"龙胆,快看!这、这是费鲁呀!!!"她身边的素食鼠附和道:"我的宇宙树根啊!**紫儿,你说的对!**"

然后,那只叫龙胆的素食鼠转向费鲁教授,说:"孩子,你的变化可真大啊!"

费鲁教授嘟囔着:"嗯,我……"

紫儿又说:"我们是你的老邻居,**紫儿**和

龙胆！ 我记得那个时候你就睡在一个**小小的花瓶里**……而现在，你瞧你！"

费鲁，你长大了！

紫儿

龙胆

"不过……我想问问……"龙胆小声说，"你现在怎么是……**橙色**的呢？"

菲向他解释说："费鲁教授之所以变成了橙色的，是因为目前叶绿星遇到了某种问题。我们发现，如果叶绿星遭遇了**危险**，那么所有离开家园的素食鼠都会立刻变成橙色的。请问，最近你们发现过什么异常情况吗？"

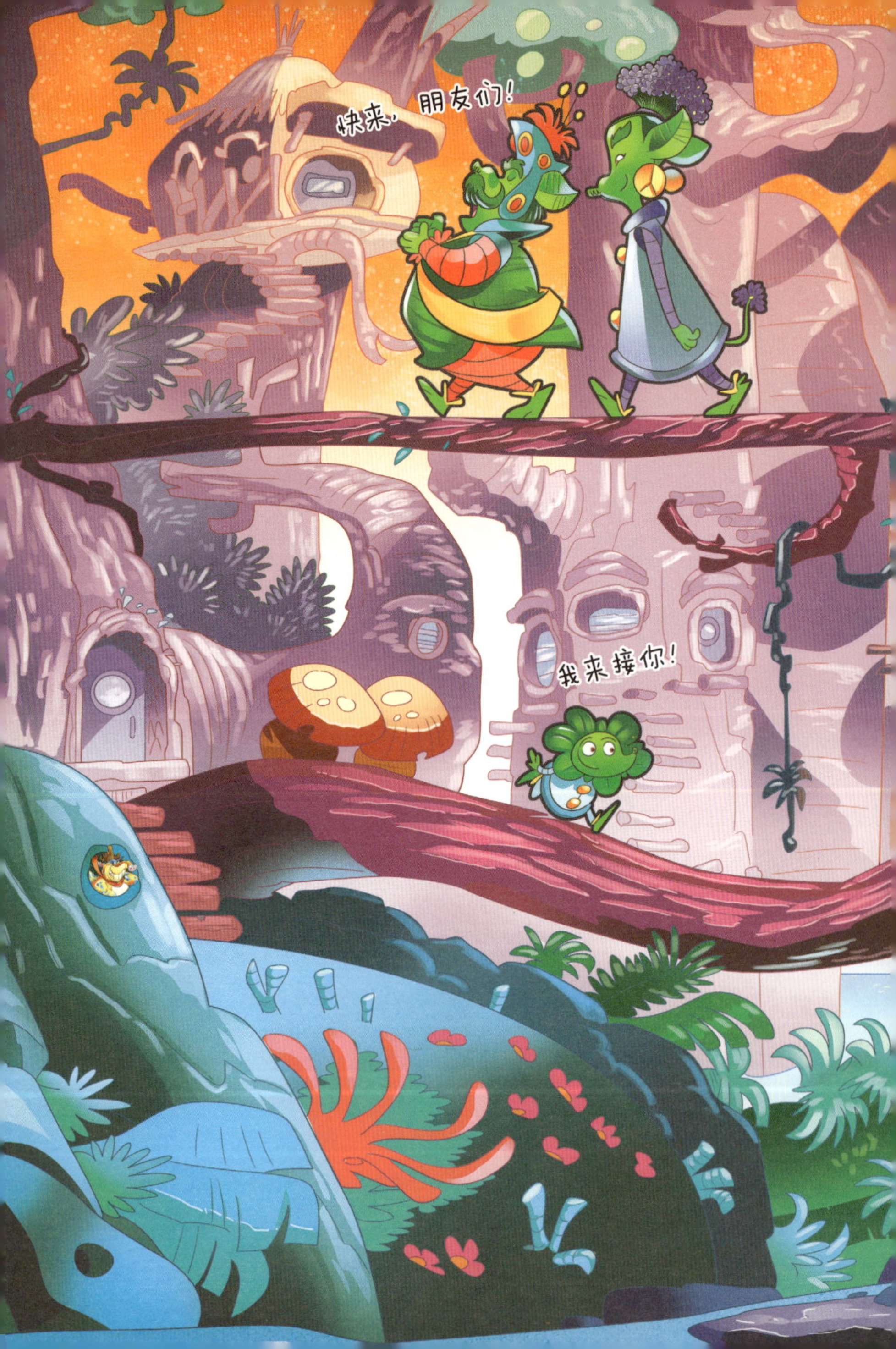
快来，朋友们！
我来接你！

在这儿真好!

哈哈!

太棒啦!

欢迎来到叶绿星！

　　林芬感到十分惊讶，他摇摇头，说："这里一切都风平浪静！你们自己看看就知道了！"

　　在龙胆、紫儿和林芬的陪伴下，我们漫步在丛林中，一并探索这非同一般的星球。这儿犹如仙境，一片祥和与安宁……

　　难道本杰明和潘朵拉在《星际百科全书》里看错了？

　　暮色快要降临了，我们向龙胆和紫儿告别，而林芬邀请我们去他家休息。

　　"今晚，你们将是我的贵宾！"这位长官对我们说，"我的府邸宽敞明亮，而且完全置于绿色中央！"

林芬的府邸

能够在叶绿星**长官的府邸**中度过一晚，这真是一个绝妙的安排：整整一天，我的肩膀上都扛着小赖给我的**沉重的背包**（谁知道里面究竟装了什么……），我感觉自己浑身无力，四肢绵软得就像一块**发了霉的天王星奶酪**那样。我幻想着能够**美餐**一顿，然后走进一间舒适明亮的房间，直接在一张松软的大床上躺下……

但是当来到林芬的房子前时，我不禁目瞪口呆：他的家确实被一片绿色所包围，不过，这房子处在……一棵**高耸入云的大树**顶端！

林芬的府邸

我的宇宙行星啊,为了到达那里,我们不得不一路爬上去!

林芬**身手矫健**,为我们带路,他说:"你们跟我来,千万别客气啊,我发自内心地欢迎你们!"

菲、费鲁教授、本杰明和潘朵拉就像一颗颗坠落的流星那般迅速,在一星际秒钟时间里,他们就跟上了林芬。而我却踌躇不前,**我感到宇宙无敌超级害怕!!!**

"快来啊,杰尼!"我的妹妹喊道。

"嗯,我知道……我来啦……"

我有**恐高症**,只是看着这棵树,我就觉得胃拧巴在了一起……更何况,我身上还背着小赖给我的**超级重的背包**(谁知道里面究竟装了什么……),我真的一点也不想上去!

船长，快上来！

加油，叔叔！

哟呀！

抓牢!

为什么?为什么?为什么?
为什么这些事情总发生在我的身上???

最后,我终于鼓起勇气,试着迈出了第一步,但紧接着,我从树上掉下来,摔了个**仰面朝天**……

我大喊起来:"啊啊啊——"

林芬**抛**给我一条藤蔓,对我说:"船长,请您抓好藤蔓,我会把您**拉上来**……一下子您就上来了!不过您千万要**抓牢啊!**"

我抓住了藤蔓，深吸了一口气。还没来得及咽下口水，我就感到自己被用力拉了起来：这条藤蔓具有弹性，我一下子就以光速被弹到空中……我飞了起来，太吓人啦……

我感到一阵恶——心！

随后，我不偏不倚地在林芬家的门前落地，而我的朋友们全都一脸无奈地看着我。

我对着一千颗陨石发誓，我的脸完全变成了绿色，不过好在我活下来了！

林芬请我们进屋："你们请坐！晚餐马上就

林芬的府邸

会准备好。我想让你们尝尝**叶绿星的特色美食**：苔藓烤吐司、树根鲜汤和**野莓蛋糕**。"

"都是家常美味啊！"费鲁教授评论道，脸上洋溢着幸福。

而我仍没从跳跃引发的**恶心**中回过神来，我压根不想喝什么**树根汤**！但在叶绿星的长官面前，我不能显得无礼。因此，我只得强颜欢笑，一口口地开始吃起来。

呃……

常绿区之谜

第二天早上，龙胆、紫儿还有林芬和我们一同**参观**常绿区，那是费鲁教授出生的地方。

龙胆解释说："你们得知道，如今**常绿区**不再住素食鼠了，它变成了一个巨大的**公园**。"

紫儿又补充说："以前的居民，譬如我们，都搬到别的地方去了，现在这公园是一大片自然保护区。"

当我们到那里时，我和其他太空鼠全都睁大了眼睛……

我对着全银河系发誓，这真是一个妙不可言的地方！

紫儿告诉我们："我们星球最杰出的园丁在这里种下了许多美丽又稀有的植物。素食鼠们都很喜欢来这里散步、玩耍，或是在**树荫**底下放松、休息。"

龙胆带我们来到费鲁教授一家以前居住的老树底下：它就位于公园中央，**树冠**尤其**茂密**。

费鲁教授喜极而泣，说："千千万万棵刚发芽的树苗呀，我太**激动**啦！"

看见大家都静静地看着这棵**了不起的大**

超级酷！

真美妙！

哦，我太激动啦！

树，我把小赖给我的**沉重的背包**拿了下来。（谁知道里面究竟装了什么……）

我只感到**腰酸背疼**，于是把背靠在树干上，打算好好休息一会儿。我真的感到精疲力尽了。

这里的树木都很稀有！

恐龙就是在这里出生的！

常绿区之谜

不过，我还没来得及把手搭到树干上，这棵大树就一下子倒在了地上！

常绿区之谜

素食鼠们看着我，眼神里满是惊恐："船长，您到底做了什么？"

"唔……我真的……只是靠了靠……"我支支吾吾地说。

为了演示刚刚的情况，我又把手放到另一棵树的树干上。没想到，这棵树也**倒**在了地上！与此同时，它又碰到了别的树，只见大树一棵棵地接连倒下……才没过**几星际秒钟**，所有的树都陆续倒下了……

天呐，我的宇宙行星呀，究竟发生了什么？

唔……

星际太空鼠乐意为所有鼠效劳

面对这糟糕的局面,我只想躲到地底下去,但我意识到所有的素食鼠都在盯着我看。

林芬表情严肃地看着我,说:"斯蒂顿船长,我们可是非常友好地接待了你们,可是您刚刚闯了大祸,这让我们感到很失望。您能给我们一个解释吗?"

我不知道该说什么:我可不想伤害任何一棵树,我只是想要休息一下……

而这一切,都要怪小赖给我的那个**重极了的背包**!

星际太空鼠乐意为所有鼠效劳

这实在是太尴尬了,我的舌头就好像打了结,双腿也开始颤抖,变得像莫泽雷勒奶酪那样软软的,我唯一能够讲的话就是:

"呃……嗯……我……"

这时,菲来帮我解围了。她转过身对林芬说:"请你们冷静一下,我的哥哥有时候确实会惹一些麻烦,可是他从来不会蓄意做什么坏事……"

"是啊!"费鲁教授也喊道,"这不是船长

的错！你们快来看看这究竟发生了什么！"

我们都走上前去……我的天王星奶酪啊，这些树的内部早就已经**空**了！

潘朵拉评论说："看起来，是有什么东西把树给**咬空**了！"

"叶绿星上的大树出现状况……"菲说，"这大概就是费鲁教授变了颜色的原因！"

"**太可怕了**！"林芬叫道，"我们之前什么也没注意到……"

是谁干的呢？

太奇怪了！

紫儿又说："**树木**对我们来说非常重要，它们可以净化我们所呼吸的**空气**，可以为我们提供食物……同时它们还是我们的**家**！"

绝对不会有素食鼠想去破坏它们的,到底是谁做了这样的事情呢?"

菲大声说:"亲爱的朋友们,我们正面对一个神秘的疑团,但是**你们别担心**,我们太空鼠就是过来帮你们解决问题的。我们会将这件事调查到底,并找到解决的办法!"

尽管我的心里害怕得直打鼓,可我知道这是我们该做的,于是我鼓起勇气说:

"星际太空鼠乐意为所有鼠效劳!"

开始调查

林芬和其他素食鼠回到家里，而我们太空鼠则开了一个会来安排调查活动。

"我们应该分开行动，"菲建议说，"这样每个鼠可以朝着不同的方向调查。"

"是的！"本杰明同意菲的建议，"我和潘朵拉将去采访那些在公园里散步的素食鼠——说不定有些鼠看见过什么可疑的事情呢！"

"好主意！"菲肯定道，"我将回到飞船上去，让全息程序鼠来搜集关于叶绿星上的星际寄生虫的信息。"

开始调查

"而我将在**费塔斯**的帮助下寻找线索。"费鲁教授说。他边说边从口袋里拿出了一个滑稽的**机器人**，这个机器人装载着一根具有嗅觉功能的管子。费鲁教授设定好研究程序，费塔斯马上就出发去寻找线索了。

"那你呢，杰尼？"菲问我。

"我……嗯……我想我还是和费鲁教授在一起吧。"

星际百科全书

费塔斯

费塔斯是一个小型机器人，他具有**异常发达的嗅觉**，可以帮助太空鼠发现蛛丝马迹。宇宙轮型推动装置使他可以在任何地表上进行作业。此外他还装有互动屏幕，用来**和星际太空鼠交流**。他只有一个缺点：星际花粉会使他不停地**打喷嚏**，阻止他正常工作！

开始调查

就这样，我们大家**分头行动**，开始了调查。

费塔斯**飞快地**寻找着线索。他一边前进，一边在屏幕上不断显示各种图案、符号、计算公式等……我们一路小跑跟着他，而我早就把小赖给我的那个**超级重的背包**（谁知道里面究竟装了什么……）从肩膀上拿了下来，我真的是太累了！

终于，这个小型机器人停下了脚步。不过，他并不是要给我们看他的调查结果，而是开始不停地**打喷嚏**。

天呐，是星际花粉！

阿——嚏！

"天呐，一千棵快要发芽的小树苗呀，你怎么了？"费鲁教授问他。

"**阿——嚏！**"费

开始调查

塔斯用他那充满金属质感的声音回答道,"在空气中,有星际花粉……它们会让我过敏!对不起,这样子我没法处理数据。"

费鲁教授建议说:"我们该回到飞船上去找菲。船上应该有针对花粉过敏的解药。"

可我太累了,因此我决定在原地等待费鲁教授,顺便休息一会儿。我把**重极了的**背包放在脚边,然后在草地上伸展着四肢。突然,我在青草中间发现了四散的木屑的痕迹……

我的宇宙奶酪呀!

我好像发现了一条线索!

啃噬者之谜

我迅速爬起身，开始跟着这些细微的**木屑**走。有的地方木屑痕迹好像突然中断了，但是再往前它们又会出现。这条路线一会儿**笔直**，一会儿**弯曲**，甚至还会构成一个**之字形**……它很长，真的很长……**太长了！**

嗯……好奇怪的木屑！

啃噬者之谜

我跟着木屑走出公园,来到了一块陌生区域。最终,木屑带着我来到了一片由灌木包围的空地上。我躲在一棵灌木后面,悄悄观察着。

一开始,我什么也没看见,但是当我再次低头仔细查看的时候……我吃惊得简直说不出话来!

这片空地上全是某种小外星人,他们不断地从地上挖的洞里进进出出。小外星人长着巨大的牙齿,嘴里在不停地咀嚼着什么东西。在他们身后到处散落着木屑……

我的宇宙尘埃呀，看来就是他们把叶绿星上的树木给咬空的！**不过……他们为什么要这样做呢？**

我想要在他们发现我之前弄清楚情况，但一不小心踩到了一根树枝……

咔！

听见这声响，小外星人们马上停了下来，**谨慎地**环顾四周。好在我躲在了一棵灌木后面，他们并没有发现我，因此，他们在犹豫了*一星际秒的时间*后，又重新开始咀嚼起来。

呼，我得救了！

不过，仔细看看这些小外星人，我觉得他们看上去并不凶恶……甚至，我觉得他们很

啃噬者之谜

讨人喜欢！而且他们的体形也和我差不多……他们怎么可能来伤害我呢？

于是，我鼓起**勇气**，打算从灌木后走出来，向他们介绍我自己。毕竟，我来到这儿，就是为了**搞清楚**究竟发生了什么事情！我慢慢地移动着身体，不想显得有攻击性，从躲藏处**出来**后，我对他们打招呼道："朋友们，你们好！我叫斯蒂顿，**杰罗尼摩·斯蒂顿**，我是……"

但我没能够把话讲完：这些小外星人一看见我，就立刻露出紧张的表情，迅速把我**包围**了起来。

咔嚓！

"你是谁？"一个小外星人问我。

"你想做什么？"另一个紧接着问道。

"更重要的是，你为什么会在这里？"第三个小外星人问。

看起来，向他们做自我介绍并不是一个**好主意**……

"嗯，就像我刚才所说的，我是船……"

我还是没能讲完话：这些小外星人的行动就像陨石下落那样迅速，他们一下子抓住我，并借着人多势众把我像一块水星奶酪那样五花大绑起来。

我的宇宙奶酪呀，
我成了囚犯！

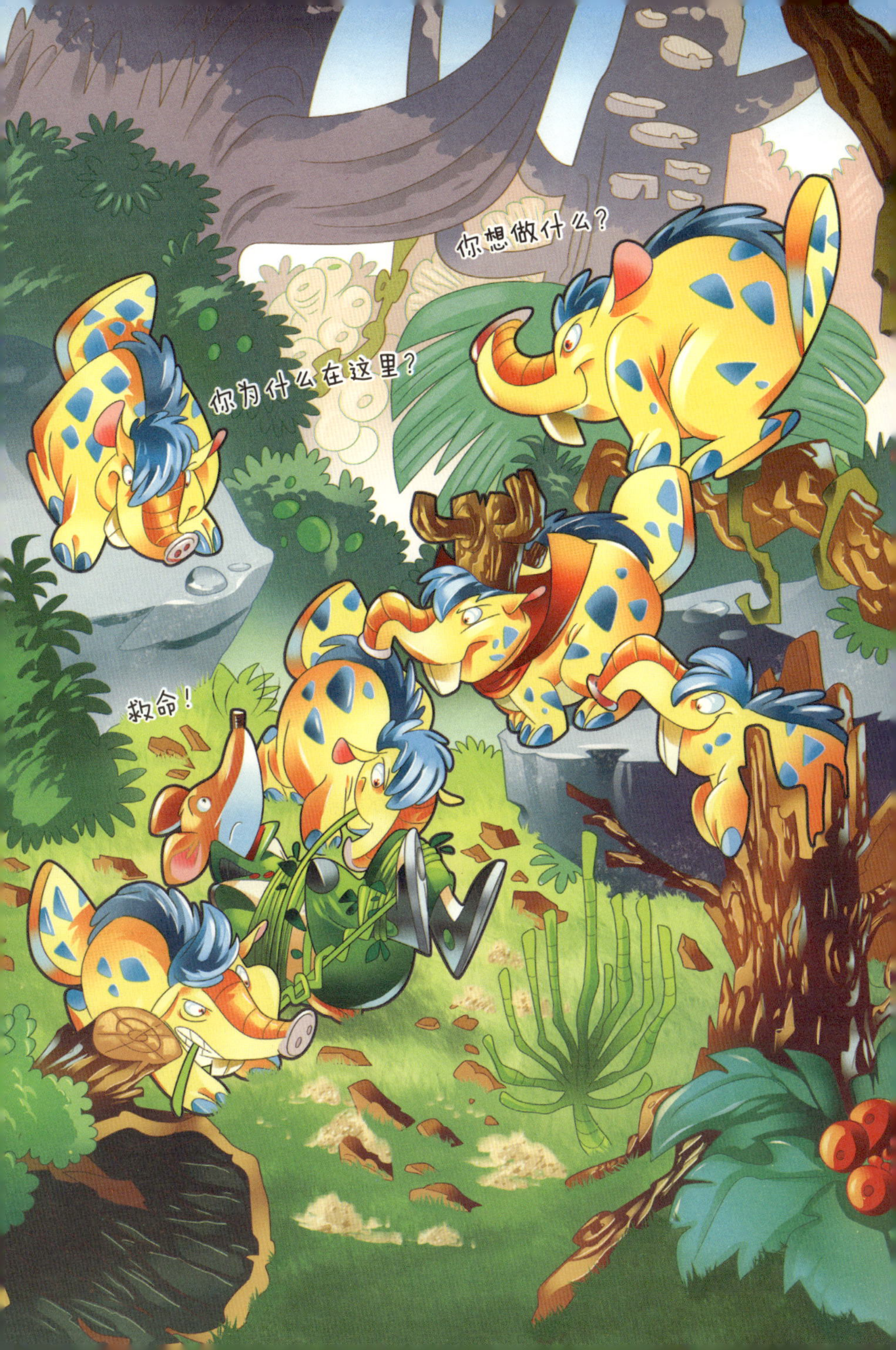
你想做什么？
你为什么在这里？
救命！

啃噬族

我用尽全力大喊,希望其他太空鼠可以听见我的求救声。

"救命啊——"

但这时一个非常威严的声音命令我:"快闭嘴!"

我马上安静了,因为一个戴着小皇冠的小外星人一脚踩在了我的肚子上。

我对着银河系发誓,这个家伙一定就是他们的国王了!

啃噬族

他看起来脾气可不怎么好……

这个小外星人清了清嗓子，说："我是叶绿星地下王国'啃噬者'一世大帝，**啃噬族**的国王、地下世界的统治者！你是谁，你这大老鼠？"

"唔……就像我刚才说的……我是杰罗尼摩·斯蒂顿，我是'银河之最号'的**船长**。"

"那你告诉我，杰罗尼摩·斯蒂顿，你来**叶绿星**做什么？"

"'啃噬者'，我……"我试着清清嗓子，"我是和我的太空鼠伙伴们一起来的，我们是为了解开**被咬空的大树**的谜团……"

"我是叶绿星地下王国'啃噬者'一世大帝！你应该叫我**'陛下'！**没有人敢直呼我的名字，除了我**心爱**的王后……"

"嗯……非常抱歉，尊敬的陛下！不过请您告诉我……为什么你们要啃咬叶绿星的树木？！"

"我们这样做**自有原因！**""啃噬者"大帝发出雷鸣般的怒吼。

他继续说："我们啃噬族一直都生活在叶绿星的**地下**，我们利用大牙，挖掘出**隧道**，不断扩展我们的疆土。"

啃噬族

所有的小外星人都点点头，国王接着说："不幸的是，有一天我们挖错了地方，结果被**卷入**一条地下暗河。所有的隧道中都被**注满了水**，我们建造的大部分房子都被摧毁了。"

听到这里，所有啃噬族人的脸上都露出了**悲伤**的表情。

"啃噬者"大帝接着说："好在我们成功逃到了**上层的隧道**里，那里还没有洪水进入。但是情况依旧堪忧，我们担心**洪水**也会跑到那里去！因此，我们打算搬到地面上来生活，至少目前的计划是这样。"

我的宇宙奶酪呀，这是多么令人难以置信的故事呀！

啃噬族

现在叶绿星树木倒塌的原因找到了，但是国王并没有正面回答我刚刚的问题。

我鼓起勇气，继续发问："嗯……陛下，请问为什么你们要**啃咬**叶绿星的树木呢？"

"啃噬者"大帝回答说："原因不是显而易见的嘛！你以为我们**完美的牙齿**是天生的吗？我们要不断地去磨炼，才能保证我们的门牙、牙床和下巴的正常功能，不然**我们的门牙**会长得太长，甚至会伤到嘴唇！

"在地面上，我们不再需要啃咬**泥土**来挖隧道了，所以我们把目标换

快瞧瞧我的大牙！

成了木头。如果你这家伙跑到我们这里来是为了解决所谓的空木头的**疑团**,那就让我告诉你**答案**,**是我们干的**!但是我们也别无选择,我们必须保证牙齿**健康**啊!"

你在哪儿，杰尼？

当我正和啃噬族打交道的时候，我的朋友们已经回到了我们分别的地方。没有鼠有什么重大的**收获**，他们也不知道接下来应该做些什么。此外，他们还发现我不见了……好在我的妹妹菲找到了一些线索。

"**你们快来这里！**"她喊起来，"这是小赖留给杰尼的背包！"其他太空鼠都凑过来看，这时费鲁教授说："我和船长分开的时候，他对我说想**休息**一会儿……现在他不见了，还把背包留在这里，真的很奇怪。"

你在哪儿，杰尼？

就在这时，本杰明在草地上发现了**木屑痕迹**，他嘟囔着说："我可以肯定，啫喱叔叔一定是跟着它们往前走了……我们去看看这些木屑会把我们带到哪里吧！"

哦，不！

费鲁教授把**背包**背在肩上，然后我所有的朋友都出发了。当他们来到林间空地的时候，所有鼠都吃惊得张开了嘴巴。

"哦，不！"本杰明说，"啫喱叔叔成了囚犯！"

"别担心！"费鲁教授安慰他说，"我相信我们一定能够想到办法救出船长的……对了，那些是**外星人**吗？！"

潘朵拉一点也不想浪费时间，她开始用腕式电话和 全 息 程 序 鼠 联系。

星际百科全书

啃噬族

故乡： 叶绿星的地下。

特征： 身材迷你的外星人，门牙十分强壮有力，但是需要不断磨牙，以保持健康。因此，他们总是一刻不停地在挖掘隧道。

特点： 他们非常、非常地贪吃。另外，当他们心情好的时候，喜欢开一些有趣的小玩笑。

喜爱的食物： 任何种类的甜品。

座右铭： 只有努力去咬，才会有健康、漂亮的牙齿！

她迅速说明了情况，很快，全息程序鼠就找来了有用的信息：从**腕式电话**里，所有人都听见了他充满**金属质感**的声音——他向大家朗读了《**星际百科全书**》里一个有用的章节……

当全息程序鼠读完了以后，菲说："太棒了！这些信息恰好让我想到该如何**解救**杰尼……"

一个熟悉的香味

我正在思考该如何从捆绑我的**绳索**中挣脱出来,突然闻到空气中飘来一种**美妙的香味**。嗯,这是……

一个熟悉的香味

　　我的宇宙奶酪呀，这香味实在是太熟悉了，在哪里我都能够认出它来：这是一块香浓无比的**奶酪蛋糕**！连啃噬族们都开始冲着空气左闻右闻，国王大声喊道："千万条的地下通道呀，这香味实在是太诱人了！我的肚子好饿呀！我的族人们，要不要吃点**点心**？"啃噬族人欢呼雀跃起来，他们开始追踪这**香味**。

好香啊！

哇！

一个熟悉的香味

我的宇宙行星呀，他们把我一个鼠丢下了！

我大喊起来："喂，放开我！别把我丢在这里，我就像一块**水星奶酪**那样被绑着啊……求求你们！"

但是啃噬族人根本没听见我的呼救声：他们正专心致志地寻找香味的源头……

没办法，这香味真的很诱人！

仔细闻了闻，我发现发出香气的蛋糕可不是什么普通的奶酪蛋糕，它是一块特别的奶酪蛋糕：这是咔嗞大厨著名的**三重芝士蛋糕**，上面还加了**蜜饯**呢！

我的土星光环呀，这怎么可能呢？！

啃噬族人一走远，我就听见身边的灌木丛里

发出了**声响**。

我哆哆嗦嗦地问:"是……是谁?"

好在,一个我无比熟悉的声音回答我说:"啫喱叔叔,是我们!"

这是我**钟爱的**小侄子本杰明的声音:我的朋友们来救我了!

一个……好吃的主意！

菲、费鲁教授、本杰明和潘朵拉从**灌木丛**后面跑出来，他们试着解开绑住我的绳子。

这结可真难解啊！

"我对着一千棵灌木发誓，这结可真难解啊！"费鲁教授说道，"可惜，我没把解绳神器带来……"

"能重新看到你们可真好！"我感叹道，"你们是怎么**找到**我的？"

本杰明回答说："很

一个……好吃的主意！

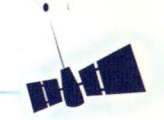

简单，我们找到了小赖给你的**巨大背包**，然后我们跟着路上遗留的木屑一路来到了这里！"

我的木星卫星啊，**我的朋友们**真是非常可靠！

费鲁教授接着说："当看见啃噬族的时候，我们都感到很惊奇！我们以前并不知道，在叶绿星上还住着**这样的外星人**！"

"好在有《星际百科全书》，我们找到了很多关于他们的有用信息，"潘朵拉补充道，"我们发现，他们**特别特别爱吃**甜品！"

"于是，我就想到了一个办法，"菲接着说，"我和'银河之最号'联系上了，我让茉莉用**远距离瞬间传送装置**给我们送来了一份咔嗞大厨的**奶酪蛋糕**……"

"是**三重芝士蛋糕**，上面还加了**蜜**

一个……好吃的主意！

钱。"潘朵拉补充说。

"是的，"费鲁教授笑着说，"茉莉把**远距离瞬间传送装置**调得十分准确，使得蛋糕能够精准地到达这里。感谢它**勾人食欲的香味**，我们成功支开了嘴馋的啃噬族人！"

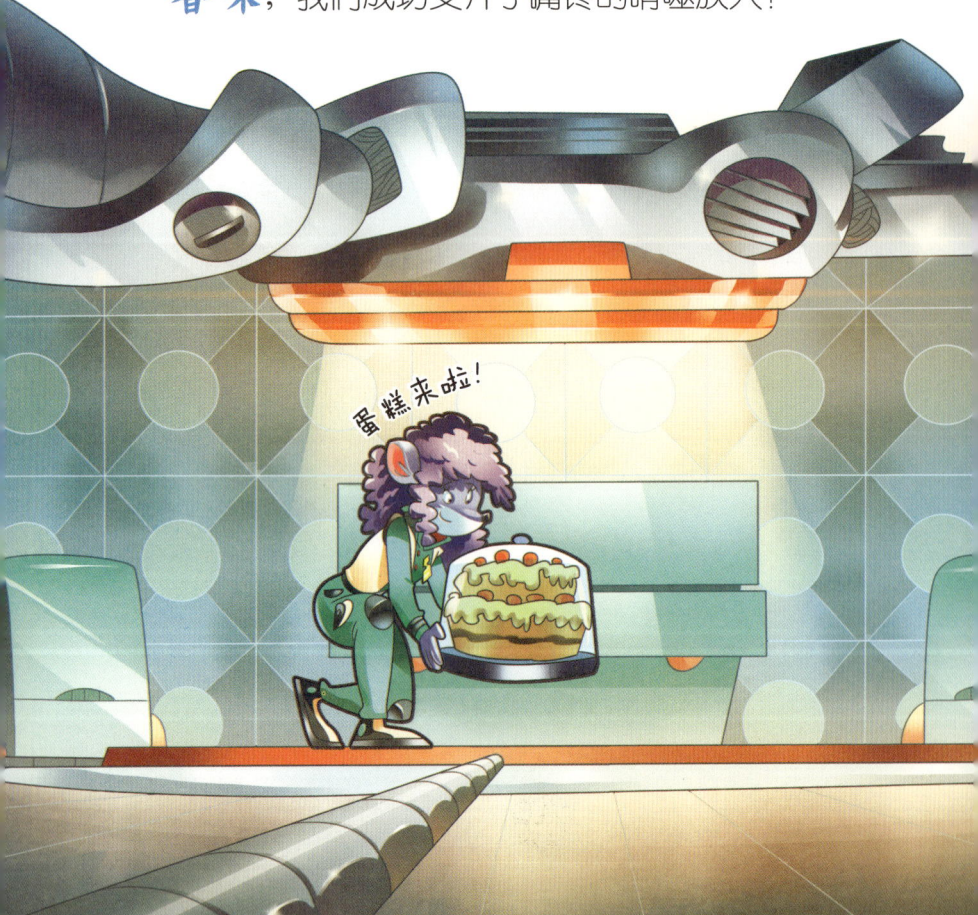

一个……好吃的主意！

我的宇宙奶酪呀，我的朋友们真是太**酷**了！

这时，费鲁教授终于解开了最后一个绑住我的绳结，我自由了！

本杰明欢呼：

"你真棒，费鲁教授！"

菲又说："现在，我们还是快点离开这里比较好，**啃噬族**们大概已经吃完蛋糕了，很快他们就会回来的。"

"等一下！"我说，"我必须告诉你们**啃噬族的事情**……他们需要别人的帮助！"

所有太空鼠们都饶有兴味地听我讲述。

我讲完了啃噬族和**被洪水淹没的隧道**的故事，得知他们不得不抛下自己的家园，我的朋友们也和我怀有同样的心情。

一个……好吃的主意!

"叔叔,我们该怎样做,才能帮助他们呢?"本杰明忧心忡忡地问。

就在这时,我们听见身后有一些**声音**:啃噬族们已经回来了,他们正**虎视眈眈**地盯着我们!

个子小，脾气大！

"啃噬者"大帝扶了扶头上的皇冠，拍了拍鼻子上剩余的**蛋糕屑**，然后清了清嗓子。

随后，他命令手下说："啃噬族人，**高地队形！** 我需要正视这些老鼠的眼睛！"

国王一说完，他的族人就开始以叠罗汉的方式，一个接一个地**爬**到对方的肩膀上去……他们好像正在搭建一座**形状古怪的高塔**。

我的宇宙奶酪呀，他们的脑子里到底在想些什么呀？

就这样，他们很快超过了我们的身高，"啃噬者"大帝爬到"高塔"顶上，挑衅地看着我，个子小,脾气大!

怒吼道:"杰罗尼摩·斯蒂顿,这些家伙又是谁?"

"**陛下**,他们是我的伙伴!"我解释说,"我的妹妹菲、我的侄子本杰明、我侄子的好朋友潘朵拉和我们**船上的科学家**费鲁教授。"

个子小，脾气大！

"我们不想伤害你们，"菲说，"相反，我们希望可以 **帮助你们**，我的哥哥给我们讲了你们的故事！"

"啃噬者"大帝傲慢地回答道："我们啃噬族人自己可以解决一切问题！"

这时，费鲁教授喊道："但是你们不能接二连三地啃坏叶绿星上的**树木！**"

本杰明补充说："这样的话，你们会把所有的树木都毁掉的，这些树对于素食鼠而言至关重要，它们可是他们的家啊！我们知道，你们地下的**隧道**变得很危险，但是你们也不能靠破坏别人的家来解决自己的问题啊……你们需要别人的帮助！我们可以一起找到办法，堵住淹没隧道的**洪水！**"

啃噬族人都安静了下来。菲轻声说："他们

个子小,脾气大!

在犹豫……这应该是提出**方案**的最好时机!"

"嗯……或许我想到了……"费鲁教授有些含糊地说,他开始在空地上**来回**走动,啃噬族人全都盯着他看。

我也感到十分好奇:**我们的**科学家**朋友**到底想到了什么呢?

有了!

个子小，脾气大！

费鲁教授一直在自言自语，突然他喊道："**有了！** 如果我可以计算出隧道弯道的角度，然后乘以 **X**，再除以 **Z**……这很可能就是答案，不过你们得带我到隧道的入口那里去！"

"**我们为什么要带你去呢？！**" "啃噬者"大帝半信半疑地问。

个子小，脾气大！

"因为费鲁教授是一位天才科学家，他正在想办法**拯救**你们的家。"虽然我不知道费鲁教授想到了什么，但我试着说服"啃噬者"大帝相信他，"他会**解决**一切困难，你们很快就可以回到**地下**去生活了！"

啃噬族人都聚集到他们国王的周围。他们不停地窃窃私语，直到小小的国王再次靠近我们，他对我们说："我们决定**相信你们**，接受你们的帮助！请跟我们来吧，给你们看看我们的**隧道**！"

一次一块石头……

我们出发了,我又把小赖给我的**超级重的背包**(谁知道里面究竟装了什么……)扛在了肩膀上。

啃噬族人带领我们来到一座美丽的花园,里面开满了**花朵**。

这美景真是令人瞠目结舌啊!

在一朵朵鲜花之间,探出了许多**啃噬族人**的小脑袋,他们都吃惊地看着我们。

"我的子民们,让我向你们介绍一下**星际太空鼠**!""啃噬者"大帝大声地说,"我向他们赐予荣耀,他们将帮助我们从隧道中排出**洪水**。

一次一块石头……

请你们陪同他们到地下完成一次巡查。"

国王刚说完,就有一些啃噬族人主动上前邀请我们,于是,我们**跟随**这些小外星人来到一个巨大的隧道入口。

费鲁教授靠近入口,仔细地观察了一番,然后开始用手轻轻拍拍这里,**拍拍**那里。

"上层的**隧道**仍是干的,"带领我们的那个啃噬族人解释道,"但是如果我们不能阻止洪水,那么很快,所有的隧道都会被洪水所**淹没**!"

我问费鲁教授:"你到底想到了什么帮助他们的办法?"

"我想要建造一座**大坝**。但我有一系列的事情要核实……"

说完,他就拿出了一件小玩意儿。

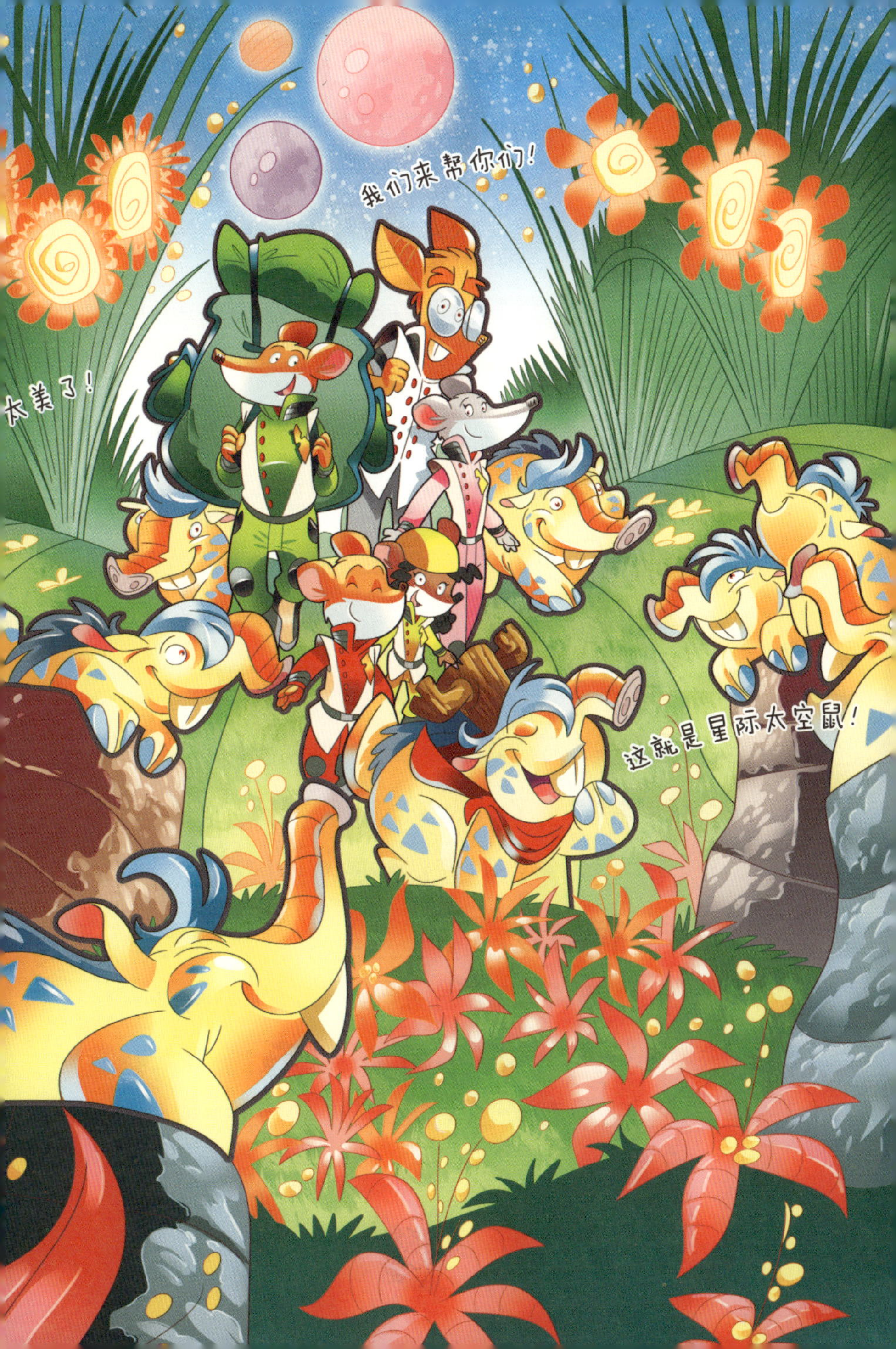
太美了！
我们来帮你们！
这就是星际太空鼠！

一次一块石头……

"这是项目规划助手——**小优**,"费鲁教授解释说,"这可是一项伟大的发明啊!只要戴上它,心里想着要实现的目标,它就会以光速设计出一个周到的计划。如果你们可以陪我到一个隧道入口去考察,我就可以往那里的地下发送一个**探测器**,它是跟小优相连的。探测器将会收集一系列数据,再加上我大脑的**脑电波**,小优会自动将设计好的计划投放到它的屏幕上!"

啃噬族人感到有些疑惑不解,但他们还是陪伴费鲁教授来到了一个隧道的**入口**。

当他们回来的时候,费鲁教授信心十足地宣布道:"**有方法了!**"

他把小优的屏幕给所有人看,同时解释道:"每个啃噬族人都需要带着一块**石头**进入隧道里,好在水流进来的口子那里建造一座堤坝。"

一次一块石头……

啃噬族人都**认真地**盯着小优的屏幕看,他们感到这个小东西挺了不起。

费鲁教授接着说:"当**堤坝**达到了小优所要求的高度时,**水**就会停止往隧道里流,你们的隧道也会随之变干!"

有办法了!

啃噬族人都**拍手叫好**,但是费鲁教授又提醒道:"不过,单纯地止住水是不够的,因为在未来,**河流**很可能会对堤坝施加压力。好在我也找到了相应的**对策**,啃噬族人需要分成两组,第一组负责搬运石头,而第二组负责在旁边**挖掘**另一条隧道。"

啃噬族人感到有些**困惑**:"请问这第二条隧道是用来做什么的?"

"我们需要用它来分流。一旦河水的水位上涨,从原来的河道中涌出来,那么它就会流到旁边的第二条隧道中,而不会冲毁你们的屋子!"

"然后呢?"

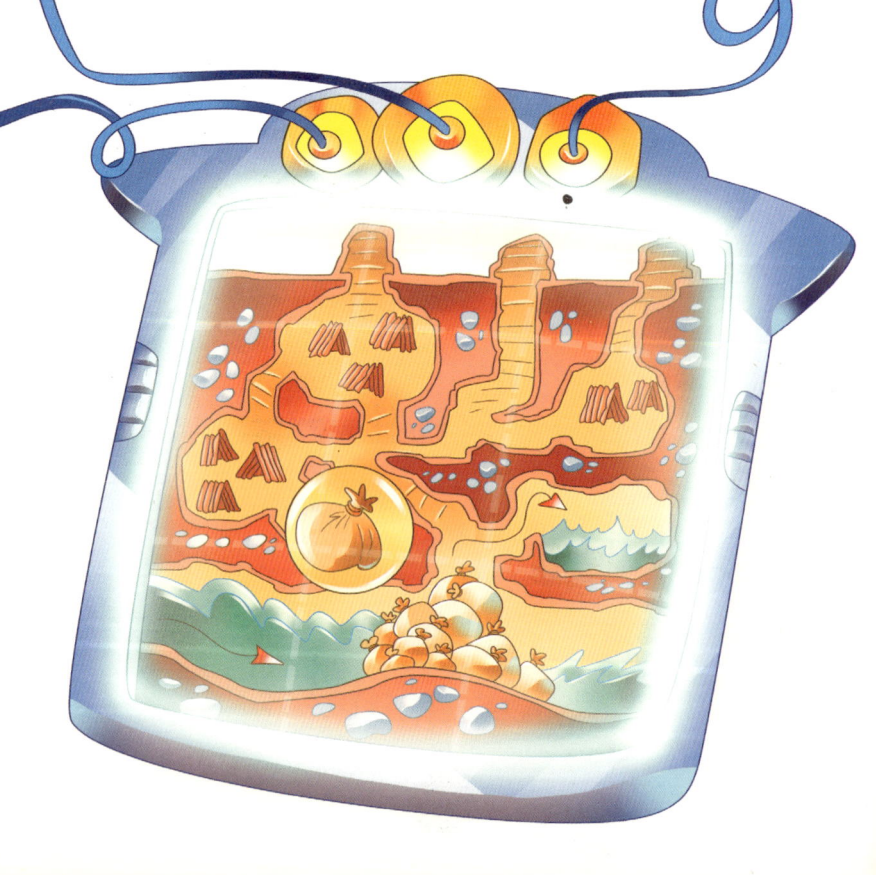

"然后，我们在第二条隧道的尽头挖一个大坑，由它来储蓄多余的水。同时……你们还将有一个很棒的地下游泳池！"

"啃噬者"大帝满意地欢呼道："那将会是整个地下世界最美丽的游泳池了！啃噬族们，赶紧行动起来吧！"

在地下

啃噬族人正要在国王的带领下进入到隧道之中,这时本杰明对我说:"啫喱叔叔!我们可以把我的**腕式电话**借给啃噬族人,这样他们在地下的时候,也可以和我们保持联系!"

这主意真的是**太好了**,我连忙大喊:"'啃噬者'大帝!"

国王转身,用**威严**的眼神盯着我看。

"嗯……"我改口道,"我是想说,**尊敬的陛下**,叶绿星地下王国'啃噬者'一世大帝……请你们等一下!"

本杰明把他的腕式电话**绑在**了"啃噬者"

在地下

大帝的手腕上，然后小外星人们一起走进了隧道，每个成员都努力推着一块**石头**。

感谢本杰明的腕式电话，我们得以在地表接着工作。我重新放下了肩膀上的大**背包**（谁知道里面究竟装了什么……），然后一屁股坐在上面，想休息一会儿。

我的妹妹打通电话，问："陛下，你们能听见我说话吗？下面情况怎么样？"

"听得清清楚楚！" 国王回答道。

在地下

"现在我们正在接近漏水的那个口子。"我们大喊:"祝你们好运,啃噬族们!"

"谢谢!"小外星人们一同喊道。

几星际秒钟的寂静之后,"啃噬者"大帝对我们说:"为了建造堤坝,我们已经把石头滚过去了。两位强壮有力的啃噬族人,咔嗤和咔啦,

在地下

已经开始**挖掘**旁边的隧道了……"

"你们真棒!"我们大喊,"现在你们已经成功了一半!"

不过,就在这时,腕式电话里突然传出叫喊声:"哦,不!洪水正在对堤坝**施加巨大的压力**……"

"我们没法坚持太久!"

"救命!!!"

"'啃噬者'大帝!"费鲁教授喊道,"到底发生了什么?!"

通讯已经中断了。

"啫喱叔叔……"本杰明的眼睛里**闪烁着泪花**,"啃噬族们是不是已经……"

"安然无恙!"从我们身后突然传来了一个声音。

我的宇宙奶酪呀， 究竟是谁在说话？！

我转过身，看见了一群脸上挂着幸福微笑的啃噬族人，而且他们都平安无事！

"你们没事了！"本杰明惊讶地说。

"那当然！如果我们感到幸福，那么我们就会开一些无伤大雅的玩笑！""啃噬者"大帝向我们说，然后淘气地挤了挤眼睛。

叶绿星的树木

本杰明、潘朵拉和啃噬族人们一起**欢呼雀跃**了起来。我、菲和费鲁教授也感到异常高兴。**素食鼠**的家园得以保全,而啃噬族也可以回到地下去生活。

"啃噬者"大帝走近我们,想向我们道谢,

叶绿星的树木

费鲁教授说："帮助**有困难者**总是一件愉快的事情！"

"确实！"我也认同这一观点，"不过，我的陛下，你们应该向素食鼠道歉，毕竟你们把他们的树给**咬得一塌糊涂**。那可是他们的家呀，你们也知道自己家园的安全受到威胁是一种什么样的感受！另外，**树木**不仅对于素食鼠

而言至关重要，而且它们对于整颗星球来说也是必不可少的！"

"说的太对啦！"本杰明也说，"大树可以帮助所有生物活在一个更美好的环境之中，它给我们提供了新鲜的空气。我们不该去破坏它们，相反，我们应该去**爱护它们**、**尊重它们**！"

我的土星卫星呀，我亲爱的小侄子说的可真有道理呀！

啃噬族人开始附和我们，他们已经意识到了自己的**错误**。

"啃噬者"大帝代表所有族人说："是的，你们说的对，我们错了。我们一直都是**自己**在地底下**生活**，从没有考虑过别人！但……嗯……现在我们也想做些什么，好争取素食鼠的**原谅**！"

叶绿星的树木

　　费鲁教授建议说:"你们可以帮素食鼠重新种上那些被你们啃坏了的树啊!"

　　"**对极了!我们会道歉,然后去帮助他们!**"我们的新朋友们异口同声地说。

　　这时,我却发现国王好像还有什么话想说,因此我问他:"怎么了,叶绿星地下王国'啃噬者'一世大帝?"

　　"这个嘛……"他有些犹豫,"能够回到地下隧道里去生活,我们感到**非常高兴**,但是我们也想偶尔到地面上来……只是偶尔。地下只有无尽的**黑暗**,现在我们发现地面有美好的风景,有阳光,还有好天气,这些东西真是妙不可言。唯一的问题是,我们如果不**啃东西**的

话，坚持不了很久……我们该怎么办？"

　　这个困难真的很**棘手**，不，应该是**非常棘手！**

　　我、费鲁教授、菲和其他鼠都面面相觑：我的宇宙奶酪呀，我们现在需要一个**特别棒的主意！**

超级咔嗞!

我和我的朋友们一起讨论,想找到一个**解决的办法**。菲提议说:"我们应该在地面上找到一些能够让啃噬族人**啃咬**的东西,这样他们就不会去破坏其他东西了⋯⋯"

本杰明大声说:"就我个人而言,我总是在

1 我踩到了自己的脚,

超级咔嗞！

放松去做其他事情的时候，灵机一动，突然想到某个特别棒的点子，就这样把**问题**给解决了。"

菲也同意说："是呀！我喜欢四处走动、散步，或是**做做运动**，它们对我思考问题很有帮助。"

就这样，我们开始四处散步，但是由于我太过聚精会神了，以至于……踩到了自己的脚，然后一头栽到了小赖给我的**背包**上面！

蹭！

2 然后一头栽到了小赖给我的背包上面！

背包飞到了空中，它的扣子开了，里面的东西掉得遍地都是。

我的宇宙奶酪呀，我到底做了什么？

这时候，有一样东西吸引了我的注意：地上散落的东西中，竟然有一个巨大的装有维嘉星**迷你胡萝卜**的超级咔嗞无限吐货机，小赖可喜欢吃这个零食了！

小赖先把吐货机缩小，然后把它塞进了包里。等它从包里出来以后，还能重新**变大**。

"小赖叔叔还是那个样子！"本杰明窃笑着，"每次他都要往行李里塞一切用来**打牙祭**的东西……"

费鲁教授突然跳了起来："你说了'打牙祭'？我们之前怎么没想到呢！"

超级咔嚓！

我一头雾水， 不过这时菲也附和道："是的，费鲁教授，你真是一个天才！"

我们的科学家面向"啃噬者"大帝，说：

"**叶绿星地下王国'啃噬者'一世大帝……** 我们找到了办法，我们将把这台**超级咔嚓无限吐货机**送给你们！它里面装的是维嘉星迷你胡萝卜，它们可以很好地帮助你们**磨**牙齿！"

办法在这里！

终于，我也明白了，我激动地说："确实如此！当你们到地表世界的时候，你们可

以随时尽情享用**超级咔嗞**的食物！用维嘉星迷你胡萝卜来磨牙再合适不过，而且它们有益健康，因为它们富含**星际维生素！**"

"这样，我们就不用再去啃树了！""啃噬者"大帝欢呼道，"所有地下的泥土呀！这真是一个**天才的主意！**"

其他的小外星人也连连叫好。

"谢谢太空鼠们！"他们心满意足地大喊着。

接着，啃噬族人走到吐货机前，开始品尝第一根超级咔嗞的迷你胡萝卜。谢天谢地，他们全都吃得**津津有味！**

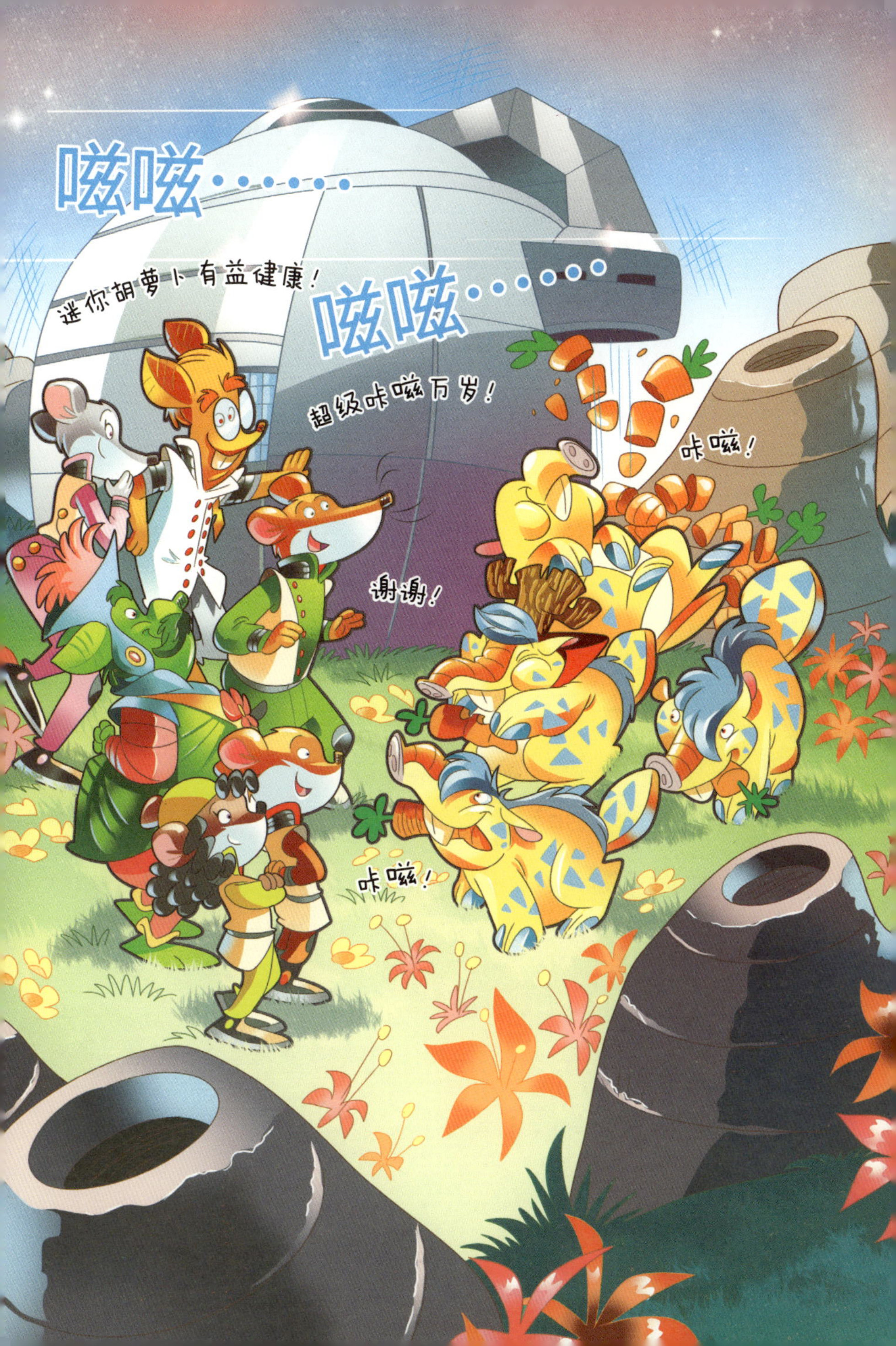

嗞嗞……
迷你胡萝卜有益健康！
嗞嗞……
超级咔嗞万岁！
咔嗞！
谢谢！
咔嗞！

我们一起来种树……

啃噬族再也不会对叶绿星的树木构成**威胁**了。现在，我们要做的就是把这个好消息告诉素食鼠们。

我们用腕式电话和**林芬**联系上了，并约定在常绿区见面。

当我们到达那里的时候，公园里已聚集了一大群**素食鼠**，他们和林芬一起等待着我们。

费鲁教授向大家汇报了之前发生的一切，同时向素食鼠介绍**啃噬族**的国王。

"啃噬者"大帝一再向素食鼠道歉，说他对他们所做的事情感到遗憾。现在看起来，他和那

我们一起来种树……

个不久之前把我**囚禁**起来的国王简直判若两人！

"啃噬者"大帝解释说："我们以前并不知道**大自然**的重要性，不过好在有太空鼠，他们让我们懂得必须要尊重大自然、爱护大自然。"

林芬说："朋友们，我们接受*你们真诚的道歉！*"

林芬和国王在太空鼠和啃噬族人的簇拥之下**握了握手**，以象征两个种族之间的友谊和合作精神。

"啃噬者"大帝接着说："如果你们允许的话，我们将非常乐意帮助你们重新种植那些被我们**咬坏**的

从今天开始，我们就是朋友了！

谢谢！

我们一起来种树……

树木。"

素食鼠热情地接受了他们的提议。

"从今往后，"叶绿星的统治者说，"素食鼠和啃噬族将和谐地生活在一起。同时，**我们都要尊重大自然！**"

所有人都拍手叫好、**喜笑颜开**。

随后，林芬搬来了一台**播种机**，开始向所有在场的人分发种子。我们一起来到被啃噬族**咬坏的**树木那里，开始播种。

当我们走到费鲁教授一家曾经居住的**老树**面前时，我对我的朋友费鲁

每个人都有种子！

我们一起来种树……

教授说："现在轮到你了！你会看见，你的新树将比以前的那棵长得更为粗壮茂盛！"

费鲁教授往泥土里**撒了**一把种子，就在这一瞬间，许许多多的小树苗破土而出，朝天空生长起来。与此同时，他的身体从头到脚都变回了绿色！

我对着千万颗脱离轨道的小行星发誓，我们的任务终于圆满完成了！

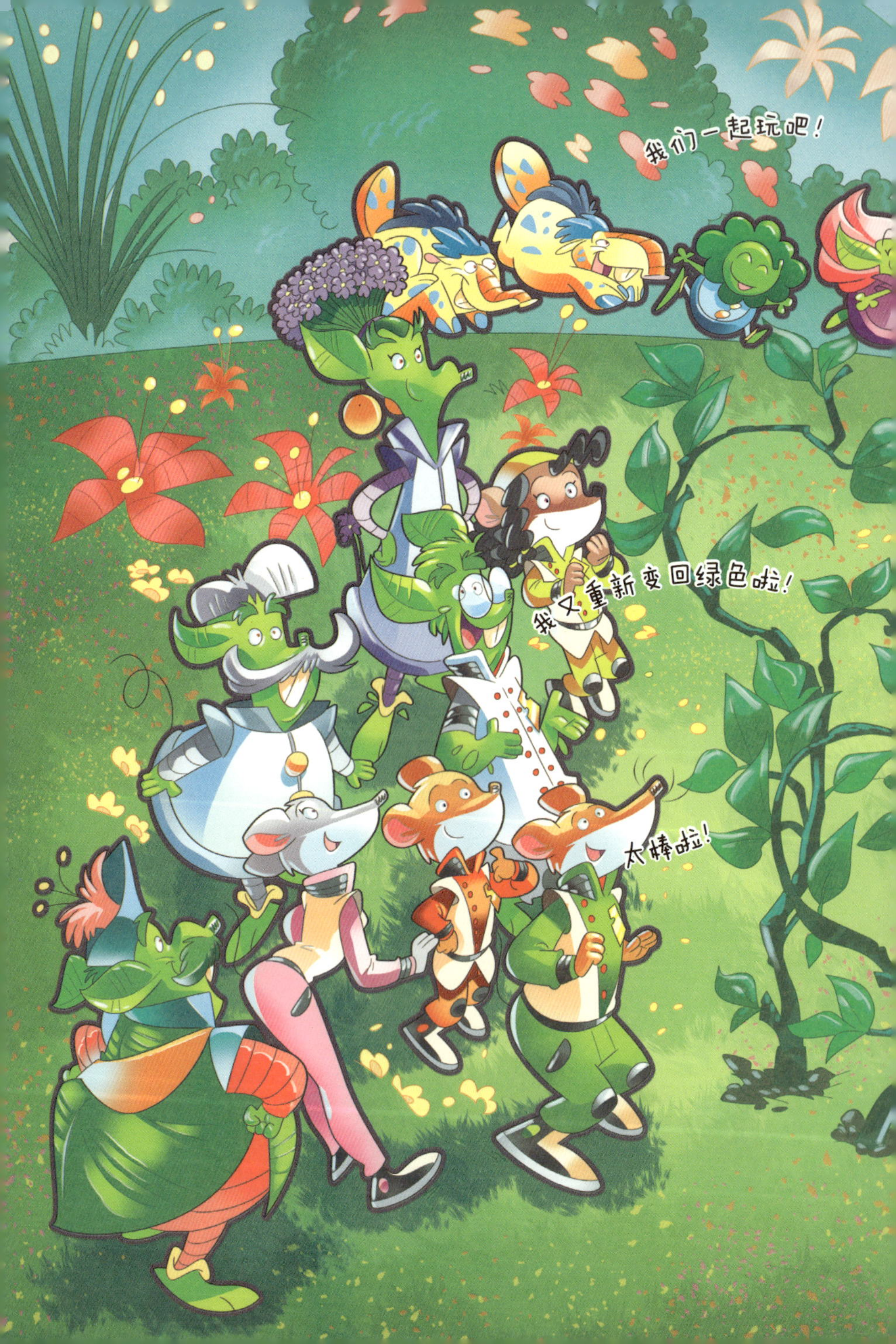
我们一起玩吧！
我又重新变回绿色啦！
太棒啦！

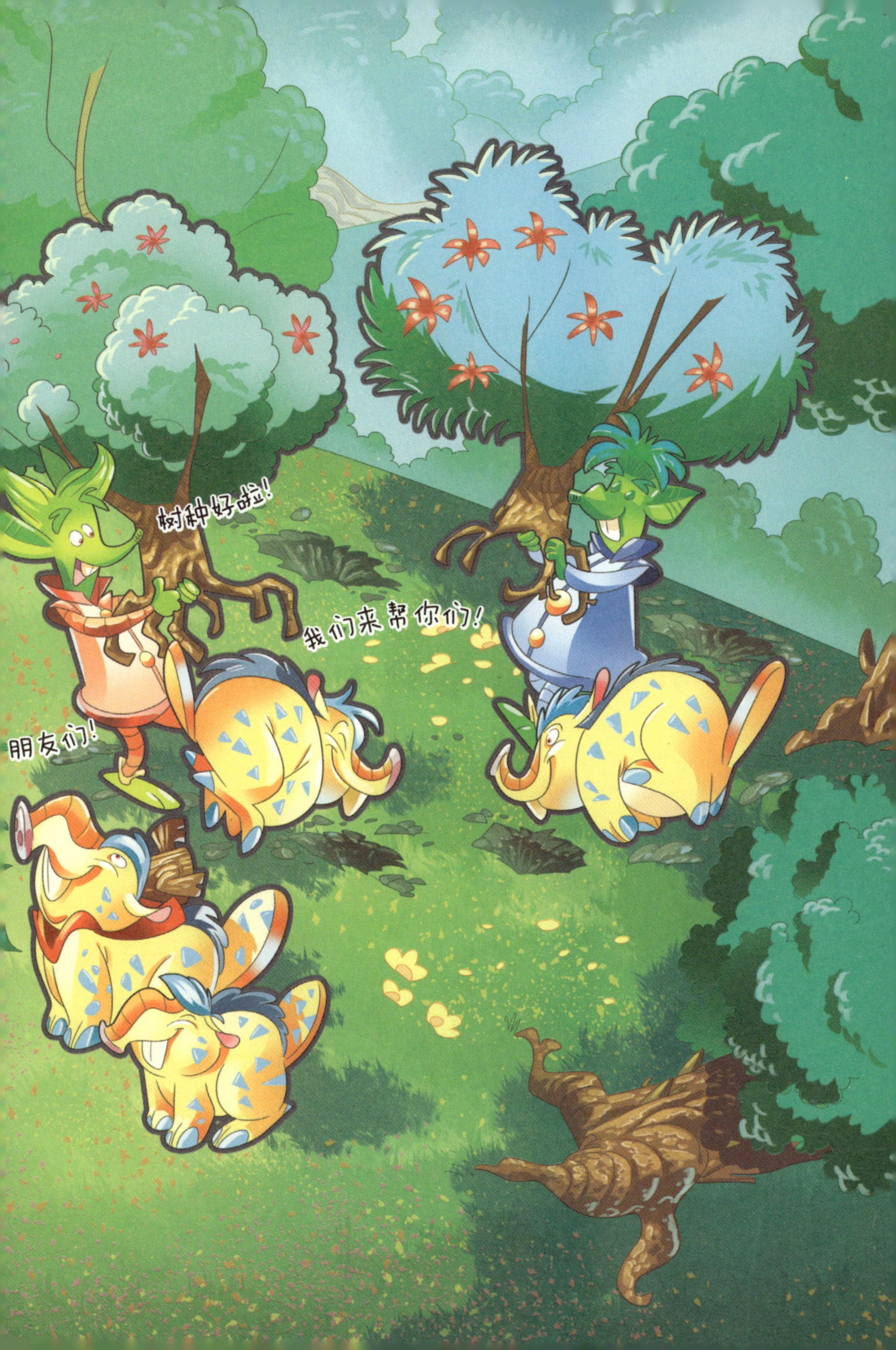
树种好啦!
我们来帮你们!
朋友们!

幸福的秘诀

所有新树都种下了,林芬在公园里组织了一场**盛大的庆祝会**。这是一个美好的时刻,因为所有的素食鼠和啃噬族都聚在一起**庆贺**,空气中洋溢着和谐、愉快的气氛。

幸福的秘诀

　　桌上满是素食鼠准备的大盘的**特色美食**，还有啃噬族喜爱的嘎嘣脆的食物。盛会上还有很多精彩的游戏，所有人都聚在一起跳舞，共同庆祝两个种族之间的友谊。

　　我的宇宙行星呀，这是多么感人的场面呀！

　　最后，我们太空鼠也要准备返航了。

　　"记得回来找我们！"紫儿和龙胆对费鲁教授说，他们紧紧地拥抱在一起。

幸福的秘诀

"**我一定会回来的，我向你们保证！**"费鲁教授感动地回答说，"我和叶绿星之间的联系是如此紧密，我必须要维系这种感情。"

"说的真好！""啃噬者"大帝插嘴道，"也别忘了，你需要定期回来检查和维护**地下水坝！**"

"太空鼠，还有你们，我们永远欢迎你们来这里！"林芬补充说，"我们对你们**感激不尽！**"

我回答说："亲爱的朋友们，是我们要感谢你们。和你们在一起的这段时间，我们明白了一个道理，与**大自然**和谐共处、与其他种族和平共处，这就是**幸福**的秘诀！"

我们在掌声中与亲爱的朋友们告别。

幸福的秘诀

我们登上**探索小艇**,它将载我们回到"银河之最号"上。我们已经准备好迎接下一次**不可思议的冒险**了!

宇宙探险笔记

太空食物档案 II

部分太空食物的信息需要你来补充哦!

三重芝士蛋糕

出自:

制作难度: ☆ ☆ ☆ ☆ ☆
稀有程度: ☆ ☆ ☆ ☆ ☆
美食指数: ☆ ☆ ☆ ☆ ☆
美味寻踪: ☆ ☆ ☆ ☆ ☆

树根汤

出自: 林芬的厨房

制作难度: ★★★☆☆
稀有程度: ★☆☆☆☆
美食指数: ★☆☆☆☆
美味寻踪: 详见《叶绿星破坏者》

奶酪苔藓

产自: 咕噜星

制作难度: ★★☆☆☆
稀有程度: ★☆☆☆☆
美食指数: ★★★☆☆
美味寻踪: 详见《穿越黑洞之旅》

欢迎在下面空白处加上你的新发现!

野生奶酪

产自：奶酪星

制作难度：★☆☆☆☆
稀有程度：★★☆☆☆
美食指数：★★★★☆
美味寻踪：详见《斯蒂顿大战贪吃怪》

星际蘑菇

产自：叶绿星

制作难度：★★★☆☆
稀有程度：★★☆☆☆
危险程度：★★★★☆
美味寻踪：详见《穿越黑洞之旅》

出自：

制作难度：☆☆☆☆☆
稀有程度：☆☆☆☆☆
美食指数：☆☆☆☆☆
美味寻踪：

出自：

制作难度：☆☆☆☆☆
稀有程度：☆☆☆☆☆
美食指数：☆☆☆☆☆
美味寻踪：

太空鼠船员专属百科

1 叶绿星的人民都居住在绿色的大树上，这可真稀奇！你知道吗？在地球上，也有以树为家的民族，他们是一群什么样的人呢？

科罗威人就是住在**树上**的一个部落。他们生活在印度尼西亚一座非常偏远的森林中，在二十世纪仍然过着很原始的生活，与外界几乎没有**联系**。这个民族把自己的房子建在几十米高的大树上，来回出行就靠爬树或者梯子。专家**推测**，他们住在树上的原因可能是因为当地环境非常潮湿，而且森林里都是高大茂密的树木，住在高处不仅防潮，而且采光会更好。如今，**科罗威人**已经不在树上生活了，随着与外界的接触沟通，他们开始接受更现代的生活方式。

2 啃噬族人需要不断地磨牙，才能保证牙齿健康。杰尼猜测，他们可能和地球上的啮齿类动物有一定的亲属关系。啮齿类动物是什么样的呢？一起来看一看！

啮齿类动物是哺乳动物中的一种，它们种类繁多，广泛生活在地球上除**南极洲**外的各个角落。啮齿类动物最突出的特点就是上颌和下颌各有两颗终身持续生长的门牙，它们必须通过不断啃咬来磨短这两对门牙。在地球上，**哺乳动物**中百分之四十的物种都属于啮齿目，我们身边常见的兔子、老鼠，还有野外常见的河狸等小动物都是啮齿类动物。咦，这样说来，太空鼠这个**种族**应该也是啮齿类动物的亲戚吧！你还知道哪些啮齿类动物呢？

一起来发现书中的一些小秘密吧！

新船员，现在轮到你上场了！

1 来到叶绿星后，太空鼠们都被这里的美景吸引住了，他们还不知道，其实在他们的脚下，啃噬族正在一刻不停地忙碌着……你能在 P42-43 找到两个藏在绿树中搞破坏的啃噬族人吗？

2 杰尼来到空地上时，听到"啃噬者"大帝正在给族人分配啃咬树木的任务，他赶紧躲起来偷听……

啃噬族打算分工把前方的一片树全部啃空。但是，如果每人啃咬 6 棵树，这片树还会剩下 5 棵；如果每人啃咬 7 棵树，又少了 8 棵树。

那么，这一队啃噬族一共有多少人？前方的树木又有多少棵呢？

3 费鲁教授为了帮助啃噬族建造大坝，亲自到地下隧道里考察。谁知，他一不小心和啃噬族人走散了！你能帮他走出这个迷宫一样的隧道，顺利地和啃噬族人会合吗？

出口

所有答案都在上一页，请你仔细找找哟。

我是斯蒂顿船长！
菲，快报告
在外太空的探索情况！

报告船长！我是菲……

你被耍了，表哥！

哇啊！！！

哈哈哈！整个宇宙都是我的！

亲爱的新船员，
你们喜欢读星际太空鼠的冒险故事吗？
请大家期待我的下一本新书吧！